AF368509

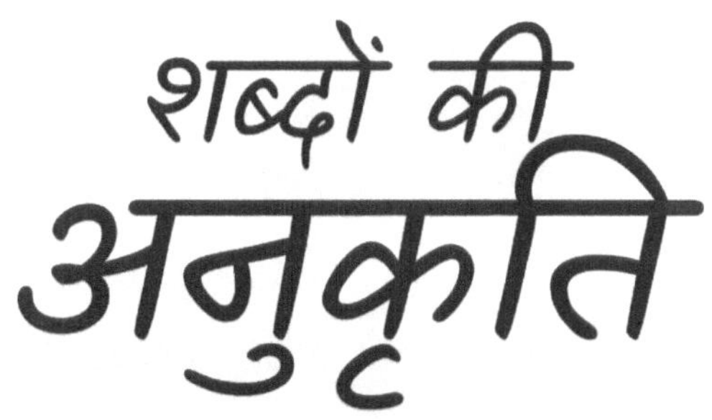

शब्दों की अनुकृति

Echoes of words

एन्द्री पाण्डेय

Title : Shabdon Ki Anukriti
Author : Aindri Pandey

Published By-
Anjuman Prakashan
942, Mutthiganj, Prayagraj, 211003
www.anjumanpublication.com
anjumanprakashan@gmail.com

Price in india: 200/-

Printed and bound in India.
Paperback first published by Anjuman Prakashan in 2024
Copyright © 2024
Cover & Typeset by Anjuman Prakashan

ISBN : 978-81-19562-14-5

The author asserts the moral right to be identified as the author of this work

Preface

Poetry writing has been an ancient way to portray difficult messages, as well as hint towards topics which might be considered rather controversial in normal language. This gives a poet a power to influence, as well as the readers the power to interpret as per their own morals.

This book is a collection of poetry, written as I listened to people around me, and interpreted their views in a poetic form. The ideas that my surroundings gave me, starting from the smallest of talks to the longest of conversations. Certain pieces are written conveying a social message, while others dive into more supernatural and philosophical concepts.

The journey of writing has been a rather fun ride, as of now. Being bombarded with new ideas at first was confusing, especially the challenge with selecting the correct information out of the pool.

This is the result. I hope it impacts the readers positively.

Acknowledgement

I am extremely grateful to Mrs. K. Fatima and all my school teachers who were always there to inspire me throughout my first writing journey.

Thank you Yashasvi, Avika, Anushka, Akshita, Alina, Ziya, Advika, Jaza, Jivika, Ashwika and Agrima, friends without whom I could not reach the completion of this work.

I am also very thankful to my principal, Mrs. V. Esubius, who's words and speeches helped me engage in poetic literary.

My sincere thanks to my family members - my brother, my mother and father for their constant guidance and efforts in getting this work published. I couldn't be more lucky.

I am eternally grateful to anyone reading this piece, as they have become an inseparable part of my journey.

अनुक्रमांक

(Hindi)

(English)

मकर-संक्रांति

आओ मिलकर संक्रांति मनाएँ,

तिल का लड्डू खाएँ और खिलाएँ,

खुशियाँ ही खुशियाँ घर में फैलाएँ,

आओ अपने सपनों जितनी ऊँची हम पतंग उड़ाएँ,

सफलता कर रही है इंतज़ार हमारा,

घर से निकलो आओ करें क्रांति,

जीवन में संघर्ष करने वाला ही,

पाएगा आगे चलकर सुख और शांति,

देखो शुभ आशीष देने आ गया,

हमारा प्यारा, 'संक्रांति'!

2.

गणतंत्र दिवस

लाल रक्त से धरा नहाई,

'भारत माता' की जय करके वीरों ने अपनी जान गवाई,

आज गणतंत्र दिवस के इस शुभ पर्व पे,

बच्चे- बच्चे ने वीरों की गाथा गाई,

सुभाष, पटेल, सुखदेव की मर्दानी,

आवाज़ है चारों ओर छाई,

भगत, राजगुरु और चंद्र की,

कुर्बानी से है, आँखे भर आई ॥

जो आके टकराता है, और जो आके टकराएगा,

चूर - चूर हो जाता है, और चूर-चूर हो जाएगा।

आओ इस गणतंत्र दिवस पर,

राष्ट्र धर्म निभाने की कसम खाएँ हम,

साथ मिलकर आओ इस बार,

इस राष्ट्रीय पर्व को,

पिछली बार से कुछ और खास बनायें हम।

3.

समय

हमेशा बदलता रहता हूँ,

कभी मैं रुकता नहीं,

परिवर्तन की तरह गतिमान हूँ,

कभी अच्छा हूँ,

कभी बुरा हूँ,

पर हमेशा हूँ,

चलते रहना मेरा काम है,

कभी न रुका,

न कभी रुकूँगा,

क्यों कि चलते रहना मेरा काम है,

और मेरा यही अंदाज़ है,

कहते सब मुझे बड़ा बलवान,

इसलिए बच्चों सदा रखना मेरा मान,

एक बार मैं चला गया,

तो लौट कर न आऊँगा,

जो नहीं करेगा मेरा मान,

वो सदा पछताएगा,

सदियों से मैं चला आ रहा,

कोई आया, कोई आकर चला गया,

कोई कुछ बन गया,

और किसी ने अपना विध्वंस करा लिया,

मैंने अगर तुम्हें बनाया है,

तो मैं ही तुम्हें बिगाड़ूँगा,

मैंने तुम्हें बिगाड़ा है,

तो मैं ही तुम्हें बनाऊँगा,

मैंने तुम्हें संभाला है,

तो मैं ही तुम्हें गिराऊँगा,

मैंने तुम्हें गिराया है,

तो मैं ही तुम्हें उठाऊँगा,

मैंने तुमको भेजा है,

तो मैं ही लेने आऊँगा,

मैंने तुमको रोका है,

तो मैं ही तुम्हें चलाऊँगा,

मैंने तुमको सींचा है,

तो मैं ही तुम्हें सुखाऊँगा,

मैंने तुमसे लिया है,

तो मैं ही तुम्हें दे जाऊँगा,

पर याद रख ऐ!मुसाफिर,

रुकना मत तू कभी,

मेरे इंतज़ार में,

मत सोचना की मैं तुझको लेने आऊँगा,

अगर तू रुका,

तो मैं आकर चला जाऊँगा,

क्यूँकि न मैं कभी ठहरा हूँ,

न कभी मैं ठहरुँगा,

मैं हमेशा चलता हूँ,

और हमेशा चलूँगा,

मैं हमेशा बदला हूँ,

और मैं हमेशा बदलूँगा,

मैं कभी अच्छा तो कभी बुरा बन जाऊँगा,

पौधे को पेड़ भी मैं ही बनाऊँगा,

राही को राह पर भी मैं ही पहुचाऊँगा,

पर मैं न कभी ठहरा हूँ,

और न कभी ठहर सकता हूँ,

क्यों कि मैं समय हूँ,

मैं समय हूँ,

मैं समय हूँ,

मैं समय हूँ..............

शब्दों की अनुकृति

4.

क्या थे वो दिन

क्या थे वो दिन,

टेक्नोलॉजी के बिन,

जब रहते थे हम,

अपनों के संग,

जब नहीं रंगे थे हम टेक्नोलॉजी के रंग,

खेल कूद के साथ जब निकल जाते थे दिन,

अधूरा रहता था जब दिन हमारा,

माँ की डाँट के बिन,

दिल जब हमारा आवारा था,

हमेशा जब आगे पीछे,

अपनों का सहारा था,

जब दिल हमारा,

थोड़ा कच्चा

थोड़ा करारा था,

जब मन हमारा प्यारा था,

जब दिमाग हमारा,

बस खेल कूद का मारा था,

कहाँ गए वो दिन,

टेक्नोलॉजी के बिन?

ज़िन्दगी

ज़िन्दगी एक लंबी कहानी है,

बहता हुआ शीतल पानी है,

ज़िन्दगी की सच्चाई कम लोगों ने ही जानी है,

ज़िन्दगी जैसी है, वैसे कुछ लोगों ने ही मानी है,

इसको बेहतर बनाने की ज़िद्

भी कुछ लोगों ने ही ठानी है,

कोई अपनी ज़िंदगी के राजा रानी,

तो कोई नौकर नौकरानी है,

कभी-कभी ज़िन्दगी ,

दिखा देती है दरिंदगी,

कभी-कभी ये नया उजाला दिखाती,

कभी-कभी मायूसी दे जाती,

कभी-कभी खुशियाँ लाती,

कभी-कभी दुःख ले आती,

कभी कोई मारा जाता किसी

फ़साने में,

कभी कोई आ जाता किसी के उकसाने में,

कभी ज़िन्दगी जंग, तो कभी खेल है,

कभी दो दिलों का मेल,

तो कभी चलती हुई रेल है,

कभी खुला आसमां,

तो कभी बंद जेल है,

कभी कोई पास तो कभी कोई

फेल है,

ज़िंदगी को जी लो,

तकलीफों को पी लो,

चलता जा तू,

रुक मत,

बढ़ता जा तू,

हट मत,

उगता रह तू,

ढल मत,

क्योंकि ज़िंदगी एक कहानी है,

बहता हुआ शीतल पानी है॥

शब्दों की अनुकृति

मन का अंधेरा

गुफा का अँधेरा,
टॉर्च की लाईट ले जाती है,
कमरे का अँधेरा,
दीपक की ज्योति ले जाती है,
जंगल का अँधेरा,
सूरज की किरणे ले जाती हैं,
रात का अँधेरा,
नए दिन की नई शुरुआत ले जाती है,
पर मन का अँधेरा,
इसे कौन ले जाता है?
आँखों में जब अँधेरा सा छा जाता है,

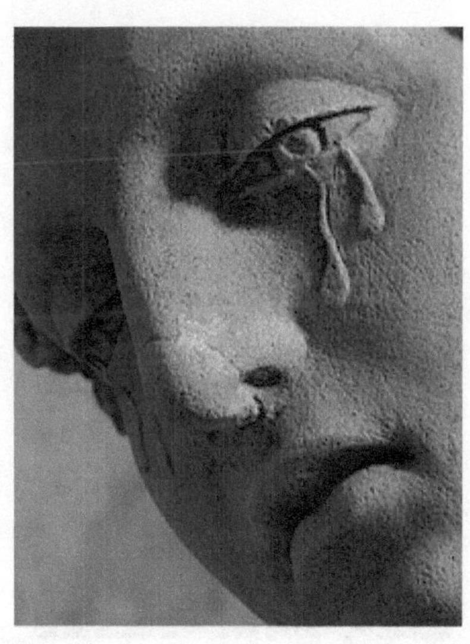

क्या करें? समझ न आता है,

कहने को सब हमारे होते,

पर देने को सहारा कोई तैयार न होता है,

जब दिल, मन, दिमाग हमारा,

बेचारा सा होता है,

अँधेरे से उजाले की ओर जाने का,

कोई रास्ता दिखाई,

न देता है,

मन के इस अँधेरे को,

आखिर दूर कौन करता है?

मन के अंदर जब अँधेरा रहता,

बाहर का उजाला दिखाई न देता,

अवसर आकर चले जाते हैं,

मंज़िलें हमसे दूर हो जाती है;

अपने भी पराए लगते है,

शब्दों की अनुकृति

खुशियों की किरण दिखाई न देती है,

बस दुःख और पीड़ा ही महसूस होती है,

कोयल का गाना भी कौए की काँव सा

प्रतीत होता है,

रेशम के धागे भी पत्थर के लगने जैसी

पीड़ा देते हैं,

मुख पर दिखाने के लिए मुस्कान रहती

पर दिल के अंदर दुःख के बादल छाए रहते हैं,

आँखो से ये बादल दुःख की बारिश

बनकर बाहर आने को तरसते,

पर समाज क्या सोचेगा,

ये सोचकर ये बादल अंदर ही गरजते,

कुछ समझ न आता है,

दुःख ही महसूस हो पाता है,

ये मन का अँधेरा होता है,

आखिर इसे हमसे दूर कौन ले जाता है?

न जाने ये कैसा दर्द है,

न सुख से जीने देता, न आराम से

मरने देता,

बस बढ़ता जाता,

सुख चैन पीछा छोड़ देते,

लोग नाता तोड़ देते,

मन का अँधेरा बढ़ता ही जाता

रोज़ नई पीड़ा दे जाता,

दिन के समय थोड़े पल के लिए दूर होता,

रात को, रात के अँधेरे से भी ज़्यादा,

गहराकर वापस आ जाता,

मन का अँधेरा,

आखिर कौन इसे हमसे दूर ले जाता,

आखिर क्यूँ, ये गहराता जाता,

आखिर क्यूँ, हमसे दूर न हो पाता?

शब्दों की अनुकृति

कुछ समझ न आता,

करें तो क्या करें? मन बार-बार यही

सवाल दोहराता,

पर जवाब न मिल पाता,

खोजने की कोशिश करें,

तो शरीर पीछा छोड़ जाता,

बीमार न होते हुए भी,

कोई बीमारी हो गई,

हर पल बस यही महसूस होता,

मन का अँधेरा,

जब कहर ढाता,

तब कुछ यही हाल हो जाता,

क्या करें ? समझ न आता,

ये अँधेरा बस गहराता ही चला जाता,

मन का अँधेरा,

आखिर कौन इसे हमसे दूर ले जाता?

बस ! बहुत हो गया सवाल,

अब जवाब की ओर बढ़ते हैं,

हर सवाल का अगर जवाब होता,

तो आओ इसका जवाब खोजने का

भी छोटा सा प्रयत्न,

साथ मिलकर करते हैं,

आओ, हार नहीं मानते है,

अपने कदमों को आगे बढ़ाते हैं,

आओ, दुनिया की हर रोशनी को,

अपने मन के अँधेरे तक पहुँचाने की

एक छोटी सी कोशिश करते हैं,

आओ जब तक साँसें चल रही,

तब तक भारत के फौजियों जैसे इस

मन के अँधेरे से लड़ते रहते हैं ॥

शब्दों की अनुकृति

नारी की पीड़ा

अपने घर को छोड़कर,

पराए घर में आकर,

पहले अपने दिल को पीड़ा देती है तू,

नए जीवन को जन्म देकर अपने शरीर को

पीड़ा देती है तू,

लोगों के ताने सुन-सुन कर अपने दिमाग

को पीड़ा देती है तू,

फिर भी आखिर कौन-सी दवा खाकर,

हमेशा मुस्कराती है तू?

सच-सच बता, पीड़ा होती नहीं,

या उसे दबा लेती है तू?

अगर दबा लेती है,

तो आखिर कैसे ऐसा कर लेती है तू?

समाज कैसे कहता कोमल तुझे,

ये समझ न आता मुझे,

मुझे तो लगता तू बड़ी कठोर है,

क्योंकि इतना कुछ सहकर भी,

रहती तू विभोर है,

सरस्वतती, लक्ष्मी का रूप है तू,

बढ़ जाए जब तेरा प्रकोप,

तो काली-दुर्गा का स्वरुप है तू,

जननी है तू, जीवनदात्री है तू,

सशक्त है तू, साकार है तू,

नारी है तू,

सब पे भारी है तू,

स्वाभिमानी है तू, आत्मनिर्भर है तू,

खुद को मत समझ तू, आधी- अधूरी,

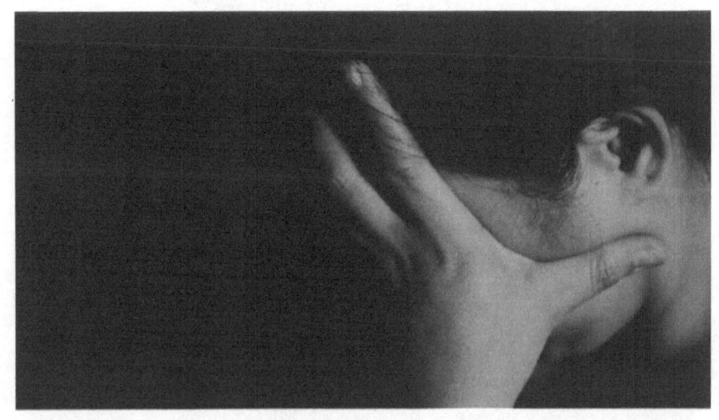

शब्दों की अनुकृति

खुद में तू है, पूरी तरह से पूरी,

जहाँ झाँसी की रानी, तलवार उठा बनी

थी महारानी,

उसी धरा पर जन्मी आज की नारी, क्यूँ कहलाती नौकरानी ?

ऊपरवाले की श्रेष्ठ रचना है तू,

उसकी सबसे अद्भुत कल्पना है तू, शक्ति का स्वरूप है तू,

कोमल नहीं; कठोर है तू !

बचपन

ज़माना था एक बचपन का,

खज़ाना था एक खुशियों का,

स्कूल न जाने का रोना था,

अपने में ही खोना था,

खुशियों का वो पिटारा था,

मस्ती का वो चमकता सितारा था,

न कोई चिंता, न कोई फिक्र,

बिना संकोच के कर देते थे किसी भी बात का ज़िक्र,

रात के अंधेरे में डरना,

सुबह के सूरज में शेर सा बहादुर बनना,

कल के बारे में कभी न सोचा,

शब्दों की अनुकृति

दोस्तों का बाल भी नोचा,

हमेशा रहते थे वर्तमान में,

खिलौनों के खदान में,

चाहत चाँद की,

पर दिल तितली का दिवाना था,

स्कूल से थक कर आना,

पर फिर मैदान में दौड़ लगाना,

कहाँ गए वो सुनहरे दिन?

जहाँ पता था कि अंधेरा हैं,

तो सवेरा भी आना है!

एक कहानी

चेहरा छुपाया उसने

दिल को दुखाया उसने,

समझ न पायी वो कि उसकी गलती क्या है?

काला चेहरा ही तो था उसका,

काला दिल तो नहीं,

खूबसूरत चेहरा नहीं था, क्या उसकी

थी गलती यही?

कोई उसका दोस्त न बन पाया,

कोई उसे समझ न पाया,

सब ने बस उसके सपनों को जलाया,

काले चेहरे से ज़्यादा काले दिल वालों ने उसे दुखाया

काले दिनों ने उस पर कहर ढ़ाया,

कहीं भी उजाला उसे नज़र न आया,

शब्दों की अनुकृति

उजाला ढूँढना चाहा तो लोगों ने उसे रुलाया,

सोचती वो सदा यही,

कि काश ज़िंदगी उसकी,

किताब होती,

पढ़ सकती वो, आगे क्या होगा ?

कितना पाएगी और कितना दिल खोएगा,

रात का अँधेरा आकर चला जाता,

पर उसकी ज़िंदगी का अँधेरा,

गहराता रहता,

गमों के अँधेरे में भी उसको मुस्करा कर

चलना पड़ता,

ये दुनिया है ऐसी कि उस जैसी

हजारों लड़कियों को चेहरा छुपा कर

चलना पड़ता ॥

10.

एक छोटा सा धन्यवाद

क्यूँ है इतना वाद-विवाद,

कह दो न उसे धन्यवाद!

उस ईश्वर से, जिसने तुम्हें बनाया,

मनुष्य है तू फिर भी खुद को क्यूँ तू

नहीं भाया?

क्यूँ तूने प्रकृति को खाया?

हर जगह क्यूँ तूने रास रचाया?

क्यूँ तूने अपने को भगवान का अपराधी

बनाया?

क्यूँ तू ये सोच न पाया?

ऊपर वाले के कारण ही तू आया,

फिर क्यूँ इतना वाद-विवाद,

कह दो न उसे धन्यवाद!

शब्दों की अनुकृति

क्या चाहता है तू अब उससे ?

क्यूँ करता है तू, हर काम इतनी हड़बड़ी से?

शर्म नहीं आती क्या तुझे पेड़ों और

जानवरों की जान लेने पे ?

सोचा है क्या तूने कभी,

क्या होगा तेरा ?

जो करता रहता है तू ये तेरा वो मेरा,

तेरा-मेरा करने में,

प्रकृति को हरने में,

क्या मज़ा मिलता तुझे ?

क्यूँ है इतना वाद-विवाद?

कह दो न उसे धन्यवाद।

द्रौपदी कथा

जन्मी मैं अग्नि से,

कई दिनों के यज्ञ से,

पिता मेरे द्रुपद,

भाई धृष्टद्युम्न था,

अंदर मेरे चिंगारी थी,

जुबान मेरी कटारी थी,

हुआ स्वयंवर भोर में,

मत्स्यवेध कोई कर न पाया,

हाथ मेरा थाम न पाया,

अंत में कर्ण आया,

उठा धनुष उसने,

मत्स्यवेध करने की कस ली कमर उसने,

शब्दों की अनुकृति

'सूत पुत्र' कह रोक दिया मैंने उसे,

शायद वो नहीं था जिसकी तलाश थी मुझे

ब्राह्मण के रुप में अर्जुन आया,

अग्नि पुत्री मैं फिर,

पाँच भाईयों में विभाजित हुई,

वरदान था वो मेरा,

फिर भी भरी सभा में कलंकित हुई,

द्यूतक्रीड़ा हुई,

हार गए मेरे पति सब,

तलवार भी और सुई,

अंत में बची मैं,

न चाह के भी चलना पड़ा मुझे,

कलंकित होने की राह पे,

केश पकड़ दु:शासन मुझे,

ले आया,

दरबार में,

'वेश्या' कहा, कर्ण ने मुझे,

दुर्योधन ने कहा- 'मेरे जंघे पे नहीं बैठना

क्या तुझे ?'

हे! केशव क्या गलती थी मेरी ?

क्यूँ हुई अपमानित ये बहन तेरी

क्यूँ तन से उतरने लगा मेरे चीर?

क्यूँ नहीं सुन रहा था कोई मेरी चीख ?

क्यूँ बैठे थे सब ?

जब उतरने लगे नारी के तन से वस्त्र ?

क्यूँ न उठा पाया कोई अपने शस्त्र ?

थे सब जब शूरवीर,

क्यूँ थे सब फिर अपनी दुनिया में

अधीर ?

थक हार कर,

याद कृष्ण को मैं करने लगी,

आशा की एक किरण थी मेरे हृदय

में जली,

विश्वास न तोड़ा कान्हा ने,

आ गया माधव मुझे इस अपमान से,

बचाने,

दिल में जल रही ये अग्नि मेरे,

दिमाग पे चढ़ने लगी,

केश अपने खोल कर,

मैं भी न्याय का इंतज़ार करने लगी,

कहते हैं, जब कभी,

नारी का अपमान हुआ,

इस दुनिया में तब-तब,

तबाही ने,

हुँकार लिया,

शुरु हुआ भीषण विध्वंस,

मरने लगे शकुनी नामक कंस,

रक्त से नहा लिया धरती का एक-एक

अंश,

खून बहा निर्दोषों का,

किसी के पिता, किसी के पति

और किसी के बेटे का,

दु:शासन का वध हुआ,

मेरे केशों को छूने वाले का अंत हुआ,

रक्त से उसके अपने केशों को मैंने धोया,

वेश्या कहने वाले का भी अंत हुआ,

इसी तरह मेरी कथा का भी अंत हुआ,

शब्दों की अनुकृति

हे ! आज की नारी !

हे ! दुनिया की कल्याणी,

समझ मेरी बात को,

दुनिया की इस रीति को,

उठा ले तू अपने शस्त्र,

जो भी हैं तेरे अस्त्र,

क्यूँ कि अब न रहा कोई राम,

और न ही कोई श्याम ॥

क्या मैं कर सकती हूँ?

"क्या मैं कर सकती हूँ?"

"जीवन के संघर्षों से लड़ सकती हूँ?"

"क्या एक पक्षी बनकर ऊँचे गगन में उड़ सकती हूँ?"

"लड़की हो अपनी हदों में रहो !"

जवाब मिला मुझे यही ।

छोड़ कर अपना बसेरा,

वो लड़की ही है जो नए घर जाती है,

नए रिश्ते, नए लोगों को अपने प्यार की,

महक से महकाती है,

शक्ति है उस नारी में,

हर दर्द को सहने की, छोटी बात नहीं

होती अपने घर से विदा लेने में,

फिर भी समाज की कुछ नज़रें क्यूँ ये

कह जाती हैं, "लड़की है रक्षा करो, क्योंकि

ये लड़कियाँ बड़ी कोमल होती हैं ।"

शब्दों की अनुकृति

An Empty day

(Inspired from: The diary of a young girl)

An empty day though clear and bright,

Is just as dark as any night,

If you are sad inside,

If you don't have any shoulder at your

side,

Then it's an empty day though clear and bright,

And it's as dark as any night,

The seeds of sadness have been

sown,

And you are completely alone,

You want to fly,

High up in the sky,

But your wings are cut,

And your heart is shut,

एन्द्री पाण्डेय

Then it's an empty day though

clear and bright,

And is as dark as any night,

You are crying inside,

But happy outside,

Just to show the society,

That you are fine,

Then it's an empty day though

clear and bright,

But is as dark as any night,

You work, you have courage and

you have hope,

You want to cope,

But the sadness is hanging to,

Your heart with a string of rope,

Then it's an empty day though

शब्दों की अनुकृति

clear and bright,

But is as dark as any night!

When your heart doesn't care,

When you have no love to share,

When your heart is a lonely one,

Everything seems to you like stone,

When you have no compassion,

When you can't get satisfaction;

Then it's an empty day though

clear and bright,

But is as dark as any night!

You want to hear your soul,

But you can't just find it,

Then it's an empty day though

clear and bright,

But is as dark as any night!

एन्द्री पाण्डेय

14.

My dream

My dream is to fly high,

In this vast unending sky,

I want wings to fly,

I want to explore this mysterious

Nature,

Which makes beautiful every creature,

I want to smell the flower,

That blooms in heavy shower,

I want to hear the voice of birds,

How beautifully they sing from

hearts,

I want to taste the nature's,

Ice- Cream,

That's all my dream !

If you want to run a mile

Everyday comes a new day,

With new challenges on it's way,

Everyday is a good day,

Everytime is a good time,

To start something new and shine,

Just think a while,

If you want to run a mile,

What is the first step?

It is try don't cry!

Try again and again,

Till you gain,

Say, you can do it because it's possible,

Nothing to gain is impossible!

If you want to run a mile,

Second step is,

Start with a charming smile,

Be cheerful, be happy, be positive, be

Carefree!

Your good attitude will take you to

High altitude.

If you want to run a mile,

Third step is,

Focus on your goal,

Focus on your role,

Believe in your soul,

Be happy that you got a day whole,

To reach your goal,

And Bravo! You have run a mile.

　　　　　　　शब्दों की अनुकृति

16

Love

I am a dove,

That I fell in love,

Love is true,

But it is cruel,

I am today running away,

I don't know where,

And I don't care,

As long as you are there,

You made me see the sun,

When I only saw rain,

You made me laugh,

When I was in deep pain,

एन्ड्री पाण्डेय

I was shredding tears,

I was bombarded with peers,

I thought my love was real,

I thought my heart was crystal

Clear,

But you proved me wrong,

I remember how you used to sing

Song,

I was laughing with you all

Along the way,

And now remembering you every

Single day,

Thankyou for being my friend,

Thankyou for giving me love

All the way till end,

Loving you was my best decision,

शब्दों की अनुकृति

I realised that you are the

One,

And it was my best realisation,

Every day when I will see the

Sky,

I am sure I will die,

I am sure it will be a big lie!

I am still in the same crowd,

I am still in the same round,

I am looking for you everywhere,

But you are nowhere to be found!

एन्द्री पाण्डेय

17.

I know I am bad

I know I am bad,

I know everything I had,

Was just BAD, BAD VERY BAD!

I know I am not good,

I know I am just a piece of burnt

Wood,

I know I am rude,

I know I am cruel, cruel VERY CRUEL.

I know I don't deserve to live,

I know I don't deserve to die,

I know I only deserve to suffer!

I know I am bad,

I know I can't do anything,

शब्दों की अनुकृति

I know I am bad,

I know I am good for nothing,

I know I don't deserve anything,

I know I am silent,

I know I don't talk at all,

I know I will always fall,

I know I can't receive any call,

I know I am a big lie,

But atleast let me die,

I know I can't feel

I know I can't heal,

I am sorry if you look at me,

And I am sad,

I am now sure I am bad,

A bad friend,

A bad daughter,

A bad girl,

A bad student,

And even I am the worst soul,

I now know it all!

I am sorry,

I am not what you want me to

be,

I know I can't see,

The pain you all feel,

Just because of me,

I don't fear to be dead,

So please just cut my head,

My heart is stone,

My brain is gone!

Please GOD! Make me dead,

Just cut my head!

शब्दों की अनुकृति

18.

A Friend

You have all heard this quote a many times that,

'a friend in need,'

'is a friend in deed,'

but do you know what is a friend?

If yes, then it's fine,

If not, then learn it by reading my rhyme.

A person who care is a friend,

A person who makes you laugh is a friend,

But a person, whom you can explain,

A person whom you can share your joy and pain,

is your true friend!

एन्द्री पाण्डेय

www.ingramcontent.com/pod-product-compliance
Lightning Source LLC
La Vergne TN
LVHW041757190726
843493LV00008B/2665